Mission…
à donner le frisson !

Les Éditions du Boréal reconnaissent l'aide financière du gouvernement du Canada par l'entremise du Fonds du livre du Canada (FLC) pour leurs activités d'édition et remercient le Conseil des arts du Canada pour son soutien financier.

Les Éditions du Boréal sont inscrites au Programme d'aide aux entreprises du livre et de l'édition spécialisée de la SODEC et bénéficient du programme de crédit d'impôt pour l'édition de livres du gouvernement du Québec.

© Les Éditions du Boréal 2014
Dépôt légal : 2ᵉ trimestre 2014
Bibliothèque et Archives nationales du Québec

Diffusion au Canada : Dimedia
Diffusion et distribution en Europe : Volumen

Catalogage avant publication de Bibliothèque et Archives nationales du Québec et Bibliothèque et Archives Canada

Chartrand, Lili

Mission… à donner le frisson !

(Les 4 G ; 1)
(Boréal Maboul)
Pour enfants de 6 ans et plus.
ISBN 978-2-7646-2299-5

I. Benoit, Mathieu, 1978- . II. Titre. III. Collection : Boréal Maboul.

PS8555H4305M572   2014   jC843'.6   C2013-942407-5
PS9555.H4305M572   2014

Mission...
à donner le frisson !

texte de Lili Chartrand
illustrations de Mathieu Benoit

Boréal   Maboul

Les 4 G et compagnie

Gina-Colada

Chef de la bande, c'est une chimiste de génie au caractère bouillant. Ses potions sont souvent utiles pour combattre les vilains. Sa devise : plus ça goûte mauvais, plus c'est efficace !

Gogo-Alto

Fidèle compagnon de Gina-Colada, ce perroquet imite n'importe quelle voix ou n'importe quel son. Très intelligent et fort adroit de ses pattes, il adore parler au téléphone !

Gigi-Tricoti

Avec ses doigts de fée, elle tricote à la vitesse de l'éclair ! Malgré sa vision parfaite, elle porte toujours des lunettes. Elle en possède 23 paires et demie. Ce sont ses porte-bonheur, alors bas les pattes !

Gali-Petti

Acrobate-né, il est plus mou
que du caoutchouc. Peut-être était-il
un chewing-gum dans une autre vie ?
Fan fini de Johnny Bigoudi, il écoute
sa musique jour et nuit !

Monsieur Mauve

Personnage mystérieux, il dirige les 4 G sans
jamais se montrer. Les missions qu'il leur confie
sont toujours dignes de leurs talents…
car les méchants sont attirés à Gredinville
comme les mouches par le sucre !

Komett

Aussi rapide qu'une fusée,
ce bolide est un cadeau
de Monsieur Mauve.
Il n'obéit qu'au son de la voix
des 4 G. De plus, il est doté
de gadgets pour le moins
inattendus !

1

Préparatifs

Les 4 G sont réunis dans leur repaire secret, le *Don Quichotte*. Il s'agit d'un moulin à vent abandonné, situé aux limites de Gredinville. Les 4 G s'y sentent comme des poissons dans l'eau. L'intérieur a été rénové par Monsieur Mauve. Il contient tout ce qu'il faut pour plaire à nos héros.

Pour le moment, les membres du quatuor perfectionnent leurs talents, car ils n'ont aucune mission à se mettre sous la dent.

Des volutes de fumée s'échappent du

laboratoire tout équipé. Masque sur le nez, Gina-Colada prépare des potions aux étonnantes propriétés.

Au salon, Gigi-Tricoti est assise dans le fauteuil le plus confortable. Des lunettes carrées sur le bout du nez, elle manie ses aiguilles à la vitesse d'un avion en plein vol. Une chose est sûre, les arbres de Gredinville ne souffriront pas du froid : la jeune fille leur tricote des foulards pour l'hiver !

Un peu plus loin, Gogo-Alto est perché sur le rebord de la fenêtre. Il pratique ses vocalises en gardant un œil sur le chemin qui mène au moulin.

Dans le gymnase, Gali-Petti exécute des sauts périlleux sur un trampoline. Comme d'habitude, il a ses écouteurs vissés aux

oreilles, et il bondit en suivant le rythme du nouveau hit de Johnny Bigoudi :
Je frise le ridicule.

Gina-Colada verse sa dernière potion dans une fiole. Alors qu'elle y colle l'étiquette « Vivatus Corpus », sa montre-téléphone sonne. La chimiste appuie aussitôt sur le bouton bleu. La sonnerie retentit dans toutes les pièces du moulin.

Moins de vingt secondes (18,3 s) plus tard, les 4 G se retrouvent au salon. Ils ont les yeux brillants d'excitation. Le chef de la bande appuie sur le bouton rouge de sa montre-téléphone. La voix du mystérieux Monsieur Mauve résonne :

10

— Nouvelle mission pour les 4 G ! Un gredin se promène dans le parc de Gredin-ville. Il endort les gens avec une drôle de fleur. Il faut l'arrêter au plus vite !

— C'est comme si on y était déjà ! s'exclame Gina-Colada, tout énervée.

La chimiste court chercher sa ceinture garnie d'une dizaine de fioles. Elle l'attache autour de sa taille, en ajoutant la potion qu'elle vient de terminer. Elle enfile ensuite un long poncho. Ainsi cachées, ses armes secrètes sont encore plus secrètes !

Gogo-Alto s'aiguise bec et griffes sur son perchoir.

Gigi-Tricoti glisse dans son sac à dos ses aiguilles préférées et un paquet de fils différents. Elle n'oublie pas de choisir quelques paires de lunettes dans sa précieuse collection !

Gali-Petti sort de sa poche un sachet de boules de gomme. Il en engloutit une dizaine. Il mâche si vite qu'il donnerait des complexes à un troupeau de vaches ! Selon lui, cet exercice le rend encore plus élastique.

Fin prêts, les 4 G sortent du moulin et sautent dans leur voiture.

— Fonce vers le centre-ville, Komett ! ordonne Gina-Colada.

Deux minutes plus tard, elle commande au bolide de se stationner dans une ruelle, près du parc. Aussi silencieux qu'un chat poursuivant une souris, le quatuor se faufile sur les lieux du crime.

Cachés derrière un buisson, les 4 G assistent à une scène étrange. Une seule personne se promène dans le parc. Toutes les autres sont étendues sur le sol ou sur des bancs, immobiles comme des statues. Certaines sont parées d'une pince à linge…

— Jo Lapincette ! s'écrie le quatuor en chœur.

2

Plan G

Les 4 G observent le fameux gredin signalé par Monsieur Mauve. Tout de noir vêtu et fleur à la boutonnière, l'homme masqué circule parmi ses victimes. Il leur vole bijoux, montres et portefeuilles, puis il met les objets dans un sac. Ensuite, il dépose sur chaque corps endormi une épingle à linge, sa marque de commerce.

Jo Lapincette n'en est pas à son premier crime. Les 4 G rêvent de le pincer, mais il est plus rusé que mille renards ! Et puis, avec sa voiture caméléon (*ça veut dire qu'elle peut changer* de couleur pour se fondre dans le décor... chouette, hein?), impossible de le suivre lorsqu'il se déplace !

— Pourquoi s'expose-t-il ainsi à la vue de tous ? s'étonne Gina-Colada.

— Krrroââ ! Si j'allais lui picosser la tête ? suggère Gogo-Alto.

— Il doit y avoir un piège, avance Gigi-Tricoti.

— Peut-être, mais c'est une occasion en or de capturer Lapincette, note Gali-Petti.

— Tu as raison, affirme Gina-Colada. Voici ce que nous allons faire…

Le plan de la chimiste semble parfait. Dès que Gigi-Tricoti tricote la dernière maille de son filet (44,3 s), les 4 G sont prêts à passer à l'action.

Penché sur une fillette, Jo Lapincette lui vole sa sucette (tout le monde a une friandise préférée, même les voleurs). Puis, il dépose une pince à linge sur l'ourson de la petite fille. Perché sur la branche d'un arbre, Gogo-Alto imite alors Lucio Patatrotti, le grand chanteur d'opéra : « O Sooole Miooo... » Jo Lapincette lève les yeux sur ce témoin pour le moins curieux.

C'est le moment qu'attendait Gali-Petti. Il exécute aussitôt trois rondades, en suivant

cette fois le rythme du succès de Johnny Bigoudi : *Le chauve sourit*. Au passage, le garçon cueille la fleur soporifique (mot compliqué pour dire : « qui endort ». Par exemple, Gali-Petti trouve qu'il n'y a rien de plus soporifique que de la musique d'ascenseur).

Jo Lapincette n'a pas le temps de réagir ! D'un geste précis, Gigi-Tricoti lance son filet sur le bandit. Puis, en moins de deux, elle le ficelle comme un rôti !

« Pourquoi reste-t-il muet ? se demande Gina-Colada. D'habitude, il n'a pas la langue dans sa poche ! » Mais la jeune fille oublie ce détail quand Gali-Petti lui tend l'instrument du crime.

— Cette fleur en plastique crache un jet d'éther, affirme-t-elle en la reniflant. L'idée est simple, mais efficace !

Gina-Colada cache la fleur dans la poche secrète de son poncho, puis elle ajoute :

— Maintenant, il faut réveiller ces pauvres gens.

Elle retire de sa ceinture une fiole de liquide vert.

— Le « Vivatus Corpus » fera l'affaire, déclare-t-elle. Ça réveillerait une bande de momies !

Gina-Colada se dirige d'abord vers une grosse dame. Elle en a assez de l'entendre ronfler comme un éléphant. Tout à coup, la chimiste s'arrête, puis se tourne vers Jo Lapincette. « Hum… Il a pris beaucoup de poids depuis la dernière fois qu'on l'a vu, se dit-elle. Et si… ? »

Gina-Colada glisse la fiole dans sa ceinture et se précipite vers le bandit. Elle passe la main entre les mailles du filet. D'un coup sec, elle lui arrache son masque de latex.

— Oh ! font les 4 G à l'unisson.

C'est Jim Carré, mauvais acteur et complice de Jo Lapincette. Son rire fait trembler son double menton.

— Ha! Ha! Tu es plus futée que les autres, toi, hein? Jo m'a demandé de créer cette mise en scène. Il savait que ça attirerait les 4 G!

— Où est-il? s'inquiète Gina-Colada.

Avec un sourire moqueur, Jim Carré répond :

— Qui sait? Je dois lire un message qui se trouve dans ma poche droite à deux heures

21

précises. C'est-à-dire dans 30 secondes exactement, dit-il en regardant l'horloge qui trône au milieu du parc. J'imagine que cette note indique le lieu de notre prochain rendez-vous.

Plus vif qu'un serpent, Gali-Petti saisit le message et le tend à Gina-Colada. Curieux, Gigi-Tricoti et Gogo-Alto s'approchent.

Dès que leur chef ouvre l'enveloppe, psssssssittt !, une vapeur s'en échappe. Les 4 G tombent par terre, endormis.

3

Piège de glace

HA! HA!

Les 4 G se réveillent au fond d'une cuve très profonde. Soudain, des rires retentissent. Le quatuor lève la tête. Jim Carré et Jo Lapincette sont penchés au-dessus du réservoir. Une vilaine grimace déforme le visage de l'ennemi juré des 4 G.

— Vous vous réveillez plus tôt que prévu ! leur lance-t-il. Eh bien, tant mieux ! Vous serez concients jusqu'à votre dernier souffle… Ha ! Ha ! Je vous ai bien eus ! ricane-t-il. Grâce à mon plan génial, j'ai eu le temps de cambrioler la nouvelle horlogerie *Tik-*

Tak-Tok. Avec le butin de Jim, ça nous donne une belle récolte ! ajoute-t-il en brandissant un sac au-dessus de la cuve. Ah oui, Gina-Colada, j'ai aussi dérobé ta montre-téléphone et ta ceinture garnie de fioles ! Je suis certain qu'elles me seront très utiles…

Gina-Colada serre les poings. Quel gredin !

— Àlatâââk ! crie alors Gogo-Alto en volant jusqu'au sommet de la cuve. D'un grand coup de bec, il pique la main de Jo Lapincette.

— Wouaaaah! crie le bandit en lâchant son butin.

Le sac tombe aux pieds du trio. Blam!

— Sale oiseau de malheur! crie Jo Lapincette, furieux.

Au risque de basculer dans la cuve, il frappe Gogo-Alto à la tête. Sous le choc, le pauvre perroquet zigzague. Puis il tombe comme un sac de patates... dans les bras de Gina-Colada. Inquiète, elle vérifie que son cœur bat toujours : ouf! Gogo-Alto est juste dans les pommes! Elle fusille Jo Lapincette du regard.

25

— Ha ! Ha ! rigole-t-il. Vous vous croyez
malins ? Vous avez fini de me mettre des
bâtons dans les roues ! Cette cuve sera votre
tombeau. Jim, ouvre le robinet !

Tout à coup, un bruit se fait entendre :
« pssschhhhhhooouuu ! »

Le quatuor voit le réservoir se remplir peu
à peu… de crème glacée.

— Quand vous vous serez noyés, il ne
nous restera plus qu'à repêcher notre butin !

— Hi ! Hi ! ricane Jim Carré. Bien dit, Jo !

— Vous ne le croirez pas, ajoute Lapin-cette avec un grand sourire, mais j'ai le cœur trop sensible pour entendre vos derniers cris. Jim et moi allons plutôt dévaliser la bijoute-rie *Padutok*. Bonne noyade, les 4 G !

Le rire des deux bandits résonne, puis une porte claque.

Pétrifiés, nos héros se regardent sans rien dire. Gali-Petti crache alors son énorme boule de gomme dans la crème glacée.

— Mangeons-la au fur et à mesure ! s'écrie-t-il avant de s'emplir la bouche.

— Ça ne va pas la tête ? grimace Gigi-Tricoti. Pas question que j'y goûte après ce que tu viens de faire. Beurk !

— Krrroââ ! Où suis-je ? fait Gogo-Alto.

— Tu es réveillé ! s'exclame Gina-Colada, soulagée.

Elle jette un œil inquiet au niveau qui monte de plus en plus. Et si ? Oui, il reste un mince espoir… Tout en lissant les plumes du perroquet, elle lui demande :

— Te sens-tu capable de retourner là-haut ? Tu es le seul qui puisse aller fermer le robinet.

— Je vais l'aider ! s'exclame Galli-Petti.

Sans hésiter, il grimpe sur les épaules de

Gina-Colada et prend Gogo-Alto dans ses bras. Il se donne un élan et saute le plus haut qu'il peut (2,7 mètres), tout en lançant le perroquet dans les airs. D'un coup d'aile, Gogo-Alto se pose sur le rebord de la cuve, puis essaie de fermer le robinet avec son bec et ses pattes.

Rien à faire.

Il avertit ses complices :

— Krrroââ ! Le robinet est bloqué !

Pendant ce temps, le réservoir continue de se remplir…

— Reste là-haut et repose-toi, lui conseille Gina-Colada. Ça en fera au moins un de sauvé !

Gigi-Tricoti se met soudain à fouiller dans son sac à dos en marmonnant :

— Quel idiot, ce Lapincette ! Il m'a laissé mon sac. Les gredins ne se méfient jamais assez du tricot… Mais où sont-elles ?

— Que cherches-tu ? demande Gali-Petti.

— Mes lunettes en forme de cœur. Ah ! Je les ai !

— Non mais, je rêve ! s'impatiente le chef de la bande. On va se noyer et toi, tu…

— Ces lunettes me donnent des ailes ! affirme Gigi-Tricoti en les posant sur son nez.

Elle s'empare aussitôt de ses aiguilles et de fil de soie ultrasolide. Puis elle commence à tricoter une échelle. Jamais elle n'a tricoté aussi vite (32,4 s) ! Gigi-Tricoti tient l'échelle du bout des bras, car la crème glacée atteint maintenant… ses épaules !

Les 4 G parviendront-ils à se tirer de ce piège glacé ?

Au lieu d'obéir, l'acrobate plonge la tête la première dans la crème glacée !

— Gali-Petti ! hurlent les filles, juste avant que la crème glacée entre dans leur bouche.

Tout en crachant, elles se réfugient sur l'échelle. Horrifiées, elles regardent le niveau de crème glacée monter. Et Gali-Petti ne refait toujours pas surface…

Soudain, plop !, la tête du garçon émerge de cette mer crémeuse. Il tient d'une main le butin de Jo Lapincette et de Jim Carré !

4

Douche froide

Sans perdre une minute, Gigi-Tricoti passe l'échelle à Gina-Colada. Gali-Petti grimpe de nouveau sur les épaules de la chimiste. Il prend l'échelle et la lance à Gogo-Alto. Le perroquet l'attrape au vol avec son bec. Il la fixe au robinet en faisant plusieurs nœuds avec ses pattes et annonce :

— Krrroââ! Vous pouvez grimper!

— Monte! ordonne Gina-Colada à Galli-Petti qui est toujours sur ses épaules. Vite, ajoute-t-elle en claquant des dents, j'ai de la crème glacée jusqu'au menton!

— J'ai aussi repêché ma gomme ! s'écrie-t-il. Et mes écouteurs étanches (ça signifie qu'ils ne laissent passer aucun liquide, même pas de la crème glacée) sont vraiment fantastiques ! ajoute-t-il en nageant vers l'échelle.

— Quelle peur on a eue ! s'écrie Gina-Colada, soulagée. Bravo, Gali-Petti !

Le chef de la bande grimpe vite l'échelle. Dès qu'elle atteint le rebord de la cuve, Gigi-Tricoti monte à son tour. Puis Gali-Petti escalade l'échelle, aussi agile qu'un singe. Tremblant de la tête aux pieds et couverts de crème glacée, les trois complices se regardent. En un rien de temps (7,4 s), Gogo-

Alto leur trouve un tuyau d'arrosage. Le trio se douche de la tête aux pieds.

— Krrroââ ! crie Gogo-Alto. Vous voilà bien propres.

— Atchoum ! éternue Gigi-Tricoti. Mille moutons rasés, ce bain de crème glacée m'a frigorifiée !

— Jo Lapincette va nous le payer cher ! grogne Gina-Colada.

Elle ouvre le sac du bandit pour récupérer sa ceinture garnie de fioles. Catastrophe ! Il n'y a que le butin de ces gredins et… sa montre-téléphone !

Elle la remet aussitôt à son poignet.

— Moi qui pensais utiliser une de mes fioles pour le coincer ! gronde-t-elle. Il faut retrouver ces potions coûte que coûte ! Entre de vilaines mains, elles peuvent faire des ravages…

— Comment allons-nous piéger Jo Lapincette ? s'inquiète Gigi-Tricoti.

— Eh bien, on a au moins la fleur soporifique, mais…

— Regardez ! On l'a échappé belle ! l'interrompt Gali-Petti en pointant du doigt le réservoir.

— En effet ! s'écrie Gina-Colada. Ça me donne une idée ! Ce serait dommage que Jo Lapincette et son complice ne profitent pas aussi de cette crème glacée, non ? dit-elle en faisant un clin d'œil à ses amis.

Gogo-Alto s'envole aussitôt et trouve trois seaux rangés au sommet d'une armoire. Gina-Colada, Gali-Petti et Gigi-Tricoti les remplissent de crème glacée. En même temps, ils élaborent leur plan.

Dès que les 4 G sortent de la crèmerie, le

chef de la bande pousse un sifflement aigu. Moins de deux minutes plus tard (1 min 48 s), Komett, qui a traversé la ville pour les rejoindre, s'arrête devant le quatuor.

— Bravo ! Tu as battu ton record ! le félicite Gina-Colada. Et maintenant, chez *Padutok* ! commande-t-elle. Souhaitons que Jo Lapincette et Jim Carré s'y trouvent encore !

En prononçant ces mots, elle appuie sur

un bouton jaune. Un vent chaud et puissant se met à circuler dans la voiture. Le trio sèche en un rien de temps (10 s).

Komett fonce vers la bijouterie.

Les 4 G arriveront-ils enfin à capturer leur ennemi juré ?

5

Crème  renversée

Komett stationne à quelques mètres de la bijouterie *Padutok*. Gogo-Alto vole jusqu'à la vitrine de la boutique. Il regarde à l'intérieur et revient renseigner le trio.

— Krrroââ ! Ils sont bien là. Ils dévalisent la boutique, mais ils ont presque terminé !

— Et le bijoutier ? demande Gigi-Tricoti.

— Je ne l'ai pas vu…

— Occupons-nous d'abord de ces voyous, tranche Gina-Colada. On va attendre ton signal, Gogo-Alto !

Le perroquet s'envole aussitôt derrière la

boutique pendant que Gina-Colada, Gigi-Tricoti et Gali-Petti débarquent du bolide. Armés de leurs seaux de crème glacée, ils se cachent derrière une voiture garée devant la bijouterie. Ils voient très bien les silhouettes des deux gredins.

Tout à coup, Gogo-Alto donne le signal : « WUUUU WUUUU WUUUU... » Le perroquet imite une alarme à merveille ! Jo Lapincette et Jim Carré figent sur place.

— Triple andouille ! crie Lapincette pour se faire entendre. Tu n'as pas débranché le système d'alarme ?

— Bien sûr que si ! Tu me prends pour qui ? hurle Jim Carré.

Les 4 G entrent alors en coup de vent chez *Padutok*.

— Mais ? fait Jim Carré, les yeux aussi grands que des pizzas. Vous n'êtes pas morts ?

— Si, nous sommes des fantômes ! réplique Gina-Colada.

— C'est un piège! crie Lapincette en voyant les trois complices lancer leur crème glacée fondue sous leurs pieds. Filons par derrière!

Trop tard. Le plancher devient plus glissant qu'une pelure de banane géante! Jim Carré zigzague sur cette patinoire. Il se pend au cou de Lapincette.

— Imbécile! crie le bandit. Lâche-moi!

— Krrroââ! Voici la danse de la crème glacée! annonce Gogo-Alto qui arrive à tire-d'aile par la porte d'entrée.

Les bandits glissent, tentent de reprendre leur équilibre et… boum! Ils tombent les quatre fers en l'air!

Vif comme l'éclair, Gali-Petti exécute un bond spectaculaire sur le comptoir. Il atterrit

juste au-dessus des voleurs. La fleur soporifique à la main, il arrose les deux gredins. Ils
s'endorment sur-le-champ.

— Enfin, on les tient ! lance Gigi-Tricoti
en s'empressant de leur lier les mains.

Pendant ce temps, Gina-Colada en profite
pour récupérer sa ceinture, attachée à la taille
de Lapincette. Gali-Petti empoigne deux
sacs remplis de bijoux. Soudain, des cris

étouffés parviennent à leurs oreilles. Le quatuor s'élance vers l'arrière-boutique. Le pauvre bijoutier gît sur le sol, ficelé et bâillonné. Gigi-Tricoti le libère en deux temps trois mouvements. Gali-Petti lui tend le butin des gredins. Avec un grand sourire, le joaillier remercie les 4 G. Au même moment, Gogo-Alto pousse un cri.

— Krrroââ! J'ai entendu la porte d'entrée se refermer!

Le quatuor se précipite dans la boutique. Catastrophe! Jo Lapincette et Jim Carré se sont envolés!

Les 4 G sont bouche bée. Les liens de Gigi-Tricoti traînent sur le sol. On dirait des serpents qui flottent dans une mare graisseuse.

— J'ai pourtant utilisé du fil super solide, affirme la jeune fille. Oh ! les liens ont été tranchés par un couteau ! Je ne comprends pas, ces bandits étaient pourtant bien endormis.

— Regardez ! lance Gali-Petti en pointant du doigt une fiole appuyée sur un présentoir.

— C'est mon « Vivatus Corpus ! » s'écrie Gina-Colada. Mais… il en manque la moitié ! constate-t-elle, furieuse. Quelle fripouille, ce Lapincette !

Elle glisse la fiole dans sa ceinture en grommelant (joli verbe qui veut dire : « exprimer sa mauvaise humeur à voix basse »).

— Nom d'une potion velue… Ce gredin nous a encore échappé !

— Nous pouvons toujours aller réveiller ces pauvres gens qui dorment encore au parc, suggère Gigi-Tricoti.

— Dépêchons-nous alors ! s'exclame Gali-Petti. Je ne fais pas confiance à Jo Lapincette. Il a peut-être pris les victimes en otages pour réclamer son butin en échange !

— Krrroââ ! Qu'est-ce qu'on attend ?

Les 4 G foncent vers la sortie et sautent dans leur bolide.

Et si Gali-Petti avait raison ?

6

Drôle de surprise

Moins d'une minute plus tard (52,7 s), Komett s'arrête pile devant le parc. Les 4 G en bondissent. Ouf! Les victimes semblent encore toutes là ! Certaines d'entre elles commencent même à se réveiller.

Gina-Colada confie à Gali-Petti la fiole de « Vivatus Corpus ».

— J'ai mis un temps fou à faire cette potion, lui dit-elle. Il n'en reste que la moitié, mieux vaut l'économiser. Agite seulement la fiole sous le nez des victimes. Tu m'as bien comprise ? s'impatiente-t-elle, car le garçon danse en écoutant très fort *J'ai un cheveu sur la langue.*

« On dirait bien que oui ! » s'étonne Gina-Colada. Gali-Petti s'élance vers les gens endormis. Il exécute le travail avec une rapidité à rendre malade de jalousie un sprinter olympique (17,6 s) ! Le « Vivatus Corpus » fait des merveilles : tout le monde se réveille !

Gogo-Alto vide alors le sac des gredins sur l'herbe. Gigi-Tricoti invite les gens à récupérer leurs bijoux, leurs montres et leurs portefeuilles.

Après quoi, Gina-Colada ramasse le butin de Lapincette pour le rapporter à l'horlogerie Tik-Tak-Tok.

— Et ma sucette ? gémit la fillette à l'ourson.

Gali-Petti sort de sa poche son sachet de boules de gomme. Il l'offre à la petite fille. Ravie, elle l'embrasse sur la joue. Le garçon ne sait plus où se mettre !

Gina-Colada et Gigi-Tricoti éclatent de rire. Gogo-Alto, lui, s'envole vers un arbuste. Il a vu une feuille de papier retenue à une branche par une pince à linge… Le perroquet la saisit dans son bec et l'apporte à Gina-Colada. C'est un message de Lapincette ! Le chef de la bande le lit à voix haute :

— *Vous avez réussi à vous échapper ? Chapeau ! La possibilité de vous en sortir était aussi mince que cette feuille de papier ! Vous êtes plus malins que je ne le croyais ! Mais c'est* moi *le plus rusé ! Comme je n'ai pas trouvé ma fleur soporifique, j'ai gardé votre « Vivatus Corpus », au cas où. Et j'ai averti Jim de retenir son souffle en cas d'attaque… Mais la sauterelle de votre bande n'y est pas allée de main morte ! À moitié endormi, j'ai quand même coupé nos liens. J'ai toujours un petit couteau dans ma manche. Ensuite, juste l'odeur de ton horrible potion a suffi à nous ranimer, Gina-Colada ! Je n'en ai prélevé que la moitié… Tu ne pourras pas dire que je ne suis pas beau joueur ! Mais on se retrouvera, foi de Lapin-cette !*

Gina-Colada froisse le papier avec rage. Elle fulmine (beau verbe qui veut dire qu'on est furieux contre une personne ou une chose et qu'on la traite de tous les noms, comme « grosse nouille », « céleri mou » ou « patate pleine de vers ») :

— Ah ! Quel horrible gredin ! Il a dû écrire ça ici même, presque sous notre nez… Nom d'une potion velue ! Quand allons-nous enfin le pincer ?

Soudain, sa montre-téléphone sonne. Elle appuie sur le bouton rouge. La voix de Monsieur Mauve retentit :

— Où étiez-vous ? Je n'arrivais pas à vous joindre !

— Dans la crème glacée, répond Gina-Colada.

— Hein ? Ha ! Ha ! Très drôle ! Je vous félicite, vous avez saboté les plans de Jo Lapincette. Les commerçants de *Padutok* et de *Tik-Tak-Tok* vous doivent une fière chandelle. Mission accomplie !

— Nous avons réparé les dégâts, mais Jo Lapincette court toujours…

— Un jour, vous le pincerez ! affirme Monsieur Mauve. Une récompense vous attend au moulin. À bientôt, les 4 G !

Le quatuor quitte le parc en saluant tout le monde. Dès que la bande est à bord de Komett, Gina-Colada donne deux ordres au bolide :

— Arrête-toi à l'horlogerie *Tik-Tak-Tok,*

qu'on y dépose le butin de Lapincette, puis file au *Don Quichotte* !

Quelques minutes plus tard (3 min 37 s), les 4 G arrivent au moulin. Une drôle de surprise les attend au salon : quatre coupes de crème glacée ! Ils ont un frisson de dégoût.

— Je n'aurais jamais cru que je détesterais un jour la crème glacée ! s'exclame Gina-Colada.

Ce livre a été imprimé sur du papier 50 % postconsommation,
certifié ÉcoLogo et fabriqué dans une usine fonctionnant au biogaz.

Les Éditions du Boréal
4447, rue Saint-Denis
Montréal (Québec) H2J 2L2
www.editionsboreal.qc.ca

MISE EN PAGES ET TYPOGRAPHIE :
LES ÉDITIONS DU BORÉAL

ACHEVÉ D'IMPRIMER EN FÉVRIER 2014
SUR LES PRESSES DE L'IMPRIMERIE GAUVIN
À GATINEAU (QUÉBEC).